Des histoires pour développer ta confiance en toi, ton courage, ta force intérieure et te faire plein d'amis.

À destination des Parents

Chers parents, merci d'avoir choisi ce livre pour vos enfants. J'espère qu'il vous permettra de les aider à développer une personnalité qui les préparera aux défis auxquels ils feront face. Ce qui leur permettra de grandir et de devenir des enfants heureux, qui s'acceptent eux-mêmes, acceptent les autres et sont bienveillants.

Dans ce livre, vos filles apprendront qu'elles sont plus fortes que ce qu'elles pensent, qu'elles sont aussi douées que les garçons, et donc qu'elles n'ont pas à se freiner ou à avoir moins d'ambition.

Elles découvriront qu'avoir peur ou douter est quelque chose de normal, qui n'a strictement rien à voir avec le fait qu'elles soient des filles.
La manière dont ces histoires amusantes sont rédigées est immersive, ce qui signifie que vos filles vont pouvoir voir le monde avec les yeux de l'héroïne, ressentir ce qu'elle ressent. Cela facilitera leur compréhension des histoires, mais les aidera aussi à appliquer la morale de ces histoires à elles-mêmes.

Pour tirer le maximum de profit de ce livre, que vous lisiez les histoires avec votre enfant ou qu'il lise en autonomie, prenez le temps d'échanger avec lui, de comprendre à quoi cela lui a fait penser, comment il aurait géré la situation.

Au-delà des histoires, c'est le moment le plus important car c'est celui de leur apprentissage. Et puis, c'est un moment de complicité, alors profitez-en.

Lucille Beauvais

Cette œuvre est la propriété de Lucille Beauvais.

Toute reproduction même partielle est interdite sans l'accord expressément écrit de l'autrice.

Les situations décrites dans ce livre sont des œuvres de fiction à destination d'enfants entre 6 et 10 ans. Ces histoires peuvent être lues par l'enfant tout seul, ou par un adulte dans une optique d'échange parent enfant.

Chaque histoire est indépendante des autres, et apporte une morale différente.

Plus de 100 coloriages
à télécharger gratuitement

Scanne le QR code

Introduction

Louise est une petite fille comme beaucoup d'autres.

Toutefois, elle est unique et ne ressemble à personne, comme toi, car toi aussi tu es vraiment unique. Chaque enfant est différent. L'un peut aimer la crème glacée, et l'autre la détester. Un autre peut vouloir faire du skateboard, alors qu'un autre va préférer patiner. Et un cinquième, encore, peut exceller dans la construction des igloos, tandis qu'un autre préférera aller pêcher.

Louise aime bien manger de la soupe, des fruits et des légumes, faire de la peinture et apprendre le karaté. Comme tous les enfants du monde, elle a des rêves qu'elle souhaite réaliser. Et, comme tous les enfants du monde, il lui faut parfois plusieurs jours, plusieurs mois ou plusieurs années pour arriver à réaliser ses rêves.

Comme Louise, tu peux traverser des moments d'anxiété, ou des moments de doute. Tu peux avoir peur, ou te demander aussi si tu as raison d'avoir ce rêve, ou si tu t'es trompé. Tu vas suivre ici les aventures de Louise, et tu pourras remarquer que, même si elle a des moments de doute et d'anxiété, elle cherche toujours le côté positif des choses. Y compris dans le fait de ne pas arriver à faire quelque chose du premier coup.

Comme Louise, prends plaisir à essayer des tas de choses différentes, pour finalement... découvrir ta passion !

N'hésite pas à réaliser les activités proposées à la fin de chaque chapitre pour développer ta confiance en toi.

Lucille Beauvais.

Histoire 1

Louise apprend le courage

Louise a envie de pratiquer un sport qui pourra lui servir durant toute sa vie, qui lui permettra de savoir ce qui est juste ou pas... et de remettre de l'ordre, si nécessaire. Elle se décide finalement pour le karaté, parce que le mot est joli et que cela l'impressionne.

Mais l'inscription dans un club, c'est une chose.

Venir assister au cours pour la première fois la rend sérieusement anxieuse. Surtout lorsqu'elle se retrouve dans une très mauvaise posture, et que le prof lui-même doit venir à son secours.

-:-:-:-

« Maman ! Dépêche-toi, je vais être en retard !
— Mais non, ma chérie, il faut à peine dix minutes pour arriver au club, et partir maintenant pourrait faire que nous serions en avance et trouverions porte close.
— Tu crois ?
— J'en suis sûre.
— Pfiou ! Il faut toujours attendre.
— Hum, qu'as-tu dit ? Je n'ai pas très bien entendu...
— Rien, maman, rien...
— Tu as toutes tes affaires ? Ton sac est complet ?
— Oui, je pense.
— Tu penses ou tu en es sûre, ma chérie ?
— J'en suis sûre.
— D'accord, nous nous mettons en route dans cinq minutes.
— OK, m'man ! »

Dans la vie, il est souvent nécessaire de préparer quelque chose avant de commencer une nouvelle

tâche ou action, et puis, il est aussi important de penser à l'avance à ce qui pourrait se passer, pour ne rien oublier.

Oui ! Même une première journée dans un club de karaté nécessite un peu de préparation. De temps en temps, improviser ne suffit pas, et envisager de nouveaux défis au quotidien te permet de te préparer pour ton avenir.

Louise oublie peut-être, ce jour-là, cet élément indispensable, et, au lieu de partir sereine à la rencontre de nouveaux amis et du plaisir de commencer un nouveau sport, l'angoisse monte au fur et à mesure que l'heure du départ arrive.

« Maman, c'est l'heureee ! Maaais...
— C'est parti, nous y allons. »

Maman ferme la porte à clé et descend les trois marches, alors que Louise a décidé de les sauter. Le sac de sport est un peu lourd, c'est donc maman (qui s'appelle Chloé) qui le porte, tandis que Louise sautille devant elle sur le trottoir. Tourner au coin de la rue, longer la bibliothèque, passer derrière l'église, longer les jardins de l'archevêché, traverser la rue. Cinq minutes de trajet.

Passer devant l'usine qui fabrique des gâteaux et des biscottes où, quelle que soit l'heure de la journée, ça sent bon au point de vous ouvrir l'appétit, même si vous n'avez plus faim ! Et voilà que...

« Maman, j'ai faim !
— Tu as mis une barre de céréales dans ton sac ?
— Euh, non. »

Et Louise baisse la tête. Oublier une chose pareille, alors qu'elle cherche toujours à « tout bien faire », la met dans une position délicate. Mais Chloé, qui pense décidément à beaucoup de choses, en sort une de sa poche et la glisse dans le sac !

« Merci maman !
— Tu me dois un gage...

— Quoi ?

— La vaisselle ou les feuilles mortes ?

— Il faut faire "plouf plouf"... Plouf, plouf, c'est-moi-qui-ferai-les-feuilles-mortes !

— OK, super, ça marche ! »

La fabrique des gâteaux et des biscottes est dépassée, et, au-dessus de la grande vitrine de l'immeuble d'à côté s'étendent en grosses lettres rouges ces mots : « CLUB DE KARATÉ », le tout accompagné du portrait humoristique d'un tigre géant qui fait du sport.

« Je viens te rechercher tout à l'heure, d'accord ?

— Oui, maman, merci ! »

Chloé sait bien que sa fille est un peu anxieuse, aussi, elle décide de s'éclipser assez vite pour éviter que l'angoisse ne monte encore plus chez Louise. De plus, elle lui explique toujours que, lorsqu'une quelconque tension monte, il est bon de s'arrêter et de prendre plusieurs grandes inspirations : cela permet de prendre du recul.

Voilà donc notre Louise qui prend contact avec le hall d'entrée, puis avec la grande salle juste en face, dont les portes sont grandes ouvertes. Direction les vestiaires, changement de tenue, kimono tout neuf, c'est parti !

Une fois revenue vers la grande salle, elle voit un monsieur qui se tient au beau milieu, vraiment géant, avec un kimono blanc et une ceinture noire. Tout cela impressionne beaucoup Louise, d'autant plus que de nombreux élèves se tiennent en carré autour de lui.

Le géant en kimono à ceinture noire s'avance vers Louise avec un grand sourire jusqu'aux oreilles, lui tend une main, qui est proportionnelle à la taille du monsieur... géante !

« Ah, tu es Louise, n'est-ce pas ?

— Oui, monsieur.

— Viens, tu vas faire connaissance avec le groupe. Je m'appelle Marcel, et mes assistants sont David, Daniel et Myriama.

— Bonjour, prononce timidement Louise.

— Ensuite, les élèves qui sont ici, dont certains sont depuis longtemps dans le cours, pourront te donner des informations, si tu en as besoin.

— D'accord, merci. »

Et là... l'angoisse monte d'un cran. Parce que Louise se rend compte que, des enfants de son âge, il ne semble pas trop y en avoir. En plus... l'odeur la gêne, car elle pense percevoir de la serviette-éponge un peu mouillée, du tapis en mousse, du café tiède, un peu de poussière, et du truc qu'on met après la lessive, de l'adoucissant avec des dessins de petites fleurs sur la bouteille. Ça ne sent pas mauvais, mais tout cela ensemble si...

« Hum, je ne sais pas si je vais arriver à m'y faire. »

Louise a déjà eu l'occasion de voir une démonstration de karaté lors d'une fête de fin d'année à l'école, mais arriver dans cette salle est autrement plus impressionnant. Marcel, le géant, commence le cours par une introduction.

Son voisin le plus proche se penche vers Louise et lui dit tout doucement :
« Maintenant, tu regardes, tu fais pareil et tu ne dis rien.

— D'accord ! »

Mise en place, zarei, salutations, préparation, échauffement général, puis échauffement spécifique.

« Les enfants, je vous rappelle que le karaté est une technique d'autodéfense qui nous vient d'Asie : du Japon et de la Chine. Quatre éléments composent le karaté. Les kihon : les techniques de base. Louise, c'est par cela que tu vas commencer, aujourd'hui.

Les kata : les modèles. Le bunkai : la technique. Les kumite : les joutes libres. »

Grand silence : on entendrait une mouche voler. Pourtant, l'ambiance est bonne, détendue, les élèves ont tous le sourire aux lèvres, c'est juste... sérieux. Super sérieux, même.

Mais Louise se sent un peu gênée par son pantalon, et elle le trouve finalement un peu trop long à son goût, vu que cela lui gratte sur le dessus du pied. Elle décide donc de se baisser et de retrousser le bas de son pantalon de kimono de deux tours vers l'extérieur, pour faire un gros revers.

     Et là, Louise est bien contente, parce qu'elle se sent déjà beaucoup mieux... au niveau des pieds, mais pas tellement du reste. L'anxiété la reprend, parce que, pendant qu'elle remontait son pantalon, elle a raté les instructions de Marcel.

« Kihon, pour commencer. Prêts, les enfants ?
Des « oui » fusent de partout, massifs et joyeux.

« Par deux pour les techniques de base. Myriama avec Justin,
Claude avec Daniel, João avec Camille, Baba avec Louise... et Damien avec moi.
— Hein ? Quoi ?
— Salut, je m'appelle Babatunde, mais tout le monde m'appelle Baba !
— Ah, salut Baba. Euh... on doit faire quoi, là ?
— Kihon. Moi, je sais le faire, alors tu fais comme moi. Tu vas voir, ça va bien se passer. »

Babatunde fait bien une bonne tête de plus que Louise, mais elle n'est pas sûre qu'il pèse beaucoup plus lourd qu'elle, tant il est fin et élancé.

« Il aime sans doute bien les légumes et

la soupe, comme moi, hein », se dit-elle.

« On ne va pas se battre ?

— Ha ! ha ! Non, pas tout de suite ! Il faut d'abord apprendre à donner des coups de pied ou de poing, apprendre à te déplacer et apprendre à bloquer les coups de ton adversaire.

— OK, je vois. »

Quelques minutes passent, et Louise exécute en miroir les mouvements de Baba. Cela se passe plutôt bien, car elle est très attentive et cherche vraiment à bien faire, comme... dans tout ce que fait Louise.

« Et après ?

— Tout cela est vital pour ta pratique. Si tu n'apprends pas tout cela, tu n'auras jamais de plaisir avec ce sport, et puis tu risquerais d'être blessée. Ces mouvements doivent devenir presque automatiques, tu vois ?

— Oui, je vois.

— T'es prête ? Suis-moi et fais comme moi ! »

Sur ce, Baba enchaîne une série de blocages. Lentement, au début, et puis de plus en plus vite. En plus, toute la salle semble maintenant entraînée dans le même rythme. Plus personne ne parle, et on n'entend plus que les « woush-oush, woush-oush » des mouvements des élèves.

Mais la concentration de Louise est dure à tenir, et, l'espace d'un instant, elle décide, en même temps qu'elle fait un mouvement où il faut lever très haut une jambe, de jeter un coup d'œil à Marcel et les autres, pour voir ce qu'ils font. Et là, perdant le fil de ses mouvements qui sont devenus rapides,

Louise ne se rattrape pas bien sur son pied gauche, tandis que le droit redescend et qu'elle a encore la tête tournée de l'autre côté pour regarder Marcel.

Elle manque de tomber et, pour se rattraper, elle tente une sorte de pirouette. Mais son pied droit décide, pour on ne sait quelle

raison, de suivre un autre chemin, et il vient se glisser dans le revers du pantalon, ce qui a pour effet de la déstabiliser encore plus.

Sentant sa chute inévitable, elle s'accroche à la manche de kimono de João, qui est derrière elle, et entend un grand « crac » typique du bruit d'une couture de tissu épais qui se déchire. La couture de la manche cède et déstabilise João lui-même qui, pour se rattraper, décide de faire un genre de kata, jambe tendue en direction de Louise.

  La pauvre est projetée un peu plus loin, tourbillonne deux fois sur elle-même, son pied se décoince – heureusement – du pantalon, mais elle se retrouve sur le sol, étalée en forme de X, sur le ventre, avec une manche de kimono dans la main.

« Aïe ! » État des lieux... son nez lui fait mal et il saigne un petit peu, apparemment. Louise lève la tête pour reprendre ses esprits, mais n'arrive pas pour autant à se relever. Elle a perdu sa ceinture, elle a une manche de kimono qui ne lui appartient pas dans la main, et sa veste de kimono est toute de travers. Le pantalon un peu trop long est descendu de sa taille, et laisse maintenant voir un slip avec des chatons roses dessinés dessus.

« La catastrophe... Oh là là, la cata... », se dit Louise. Louise, toujours étalée sur le sol, entend la voix de Marcel, alors que Baba vient de s'agenouiller devant elle.
« Ça va, Louise ?
— Voui. Snif.
— Tu vas pas pleurer, hein ?
— Ah non, sûrement pas ! Enfin... j'essaye. Si j'ai le nez qui coule, c'est juste du sang. »

Marcel, qui s'est rapproché entre-temps, attrape Louise par la ceinture de son pantalon et la relève en un dixième de seconde. Elle se retrouve sur ses deux jambes, bien stables cette fois-ci, car un peu écartées.

«Tu as quelque chose de cassé ? demande Marcel.

— Euh... non, je ne crois pas.

— Super ! »

Puis, à toute la classe : « Allez, les enfants, on continue. » Louise rend à João sa manche perdue en lui demandant pardon, et il lui répond avec un grand sourire : « Tu sais, c'est pas une cata ! » Et c'est ainsi que le cours de karaté reprend son aspect normal, avec des jambes et des bras qui s'agitent harmonieusement et très sérieusement dans tous les sens.

-:-:-:-

Comme Louise, tu peux être parfois un peu honteux de n'avoir pas pu bien faire du premier coup. Pour les choses sérieuses, il est important de rester bien concentré, car même une petite seconde d'inattention peut mener à une petite catastrophe. Il est normal d'avoir un peu d'anxiété lorsqu'il s'agit de commencer une activité nouvelle.

Mais chaque essai, même pas très réussi, te permet d'apprendre quelque chose. C'est ainsi que le courage se construit un peu chaque jour et te transforme petit à petit en guerrière !

Tu peux pratiquer n'importe quelle activité ou n'importe quel sport.

Tu ne dois pas te limiter parce que tu es une fille. Tu peux exceller au football, au judo, à la planche à voile, voire faire de la moto.

Alors choisis le sport qui te passionne, sans te dire que "c'est un sport de garçons" ou un "sport de filles".

Alors, quel est le sport qui te passionne et que tu aimerais essayer en plus de ce que tu fais déjà ?

Jeu # 1 – Le bocal de ta fierté

Objectif : Apprends à reconnaître tes succès, même ceux que tu considères petits.

Matériel : Un bocal, des papiers, des stylos, des ciseaux.

Comment jouer :

- Chaque jour, écris à la fin de la journée (tu peux aussi dessiner) quelque chose que tu as fait et dont tu es fière sur un papier que tu as découpé.
- À la fin de la semaine (ou quand tu te sens triste), ouvre ton bocal et choisis un papier au hasard à l'intérieur et lis-le à haute voix

Au fil du temps, tu verras ton bocal se remplir progressivement. Tu auras ainsi la preuve que tu sais faire plein de choses géniales.

Histoire 2

Louise découvre ses capacités

C'est l'anniversaire de Louise, et, pour fêter cela, son papa, Julien, a préparé un parcours qui va de place en place entre la maison et le jardin, avec… un cadeau à la dernière étape. Mais, pour l'instant, Louise ne le sait pas.

Sur le parcours qu'elle va devoir faire, un petit challenge sous forme de devinettes ou d'énigmes à résoudre lui permettra de passer à l'étape d'après, et d'arriver au cadeau final !

-:-:-:-

Louise se réveille de particulièrement bonne humeur, ce matin, car c'est son anniversaire. Et, comme tous les ans, comme elle a été bien sage, elle va recevoir un cadeau. Peut-être même plusieurs ! Elle se lève, refait son lit, effectue sa toilette, et s'habille en mettant les vêtements qu'elle a préparés hier soir pour la grande journée qui arrive.

Aujourd'hui, c'est dimanche, ce qui fait que Louise se réjouit encore plus, car c'est toute la journée qui va vraiment être son anniversaire, sans école entre-temps ni devoirs à faire. Youpi ! Et en plus, ses grands-parents vont probablement venir l'après-midi, pour allumer les bougies et faire la fête en racontant des histoires de quand ils étaient petits, ce que Louise adore.

Louise descend dans la cuisine, l'odeur des crêpes fraîches ayant réveillé son estomac. Cela lui fait une double fête dans sa tête, car elle adore les crêpes, vu qu'elle est née le jour de la Chandeleur. Sa grand-mère lui a raconté que c'est une très vieille tradition dans les campagnes de France, qui marque la fin de l'hiver. À l'époque, il y avait plus de campagnes que de villes, et le jour de la Chandeleur marquait donc le début des jours plus longs, et le retour vers les champs en vue du printemps suivant.

« Miel, ou chocolat noir fondu ?

— Les deux !

— Ensemble, ou l'un après l'autre ?

— Avec deux crêpes différentes, papa. Merci ! »

Eh oui ! Dans la famille de Louise, c'est une autre tradition : c'est Julien qui prépare les crêpes !

« Est-ce que papy et mamy vont venir aujourd'hui, papa ?

— Oui, c'est prévu ainsi. Ils devraient arriver pour déjeuner et manger avec nous. C'est une perspective qui te plaît ?

— Oui, beaucoup ! Et ce matin, qu'allons-nous faire ?

— Ah, ta maman ne t'a pas dit ?

— Non, quoi ?

— Je t'ai préparé une surprise un peu différente, qui est une façon originale de t'offrir ton cadeau d'anniversaire !

— Ouah ! Merci papa !

— …

— Attends… tu n'as pas dit "un peu différente" ?

— Si.

— Et c'est quoi alors, "un peu différente" ?

— Eh bien, comme tu aimes les challenges, c'est un jeu de piste au cours duquel tu vas devoir résoudre des énigmes. »

Cette annonce laisse Louise dubitative, car elle n'aurait jamais imaginé un truc pareil. Être obligée de faire quelque chose pour recevoir son cadeau, c'est quand même une drôle d'idée.

Mais Louise, qui s'est finalement décidée à réfléchir en mangeant ses crêpes, se dit que c'est peut-être une bonne idée, après tout. Cela peut même être amusant. Tout dépend des énigmes, bien sûr. Si elles sont faciles ou amusantes, cela devrait lui plaire. Après tout, son papa a dû passer du temps à préparer tout cela. Et, d'aussi loin qu'elle s'en souvienne, son papa n'a jamais été contre elle, mais l'a toujours soutenue dans les choses qu'elle voulait essayer de faire. Tout comme sa maman, d'ailleurs.

« Parce que, se dit Louise, je pense que je suis prête à résoudre des énigmes, après tout. »

« Papa, c'est dans la maison ou à l'extérieur ?

— Les deux, ma chérie.

— Tant mieux !

— "Tant mieux" quoi ?

— Qu'il y a du soleil. C'est quand même mieux pour résoudre des énigmes, non ?

— Oui, bien sûr.

— Pouvons-nous prévoir de commencer vers 10 h ?

— Comment cela, "nous"… ?

— Ben, nous ! Toi, maman, moi… Vous allez m'aider, non ?

— Louise, pourquoi t'aiderais-je, alors que je connais les réponses ? Le jeu ne serait plus le même. Il n'aurait plus le même attrait, et un jeu doit rester agréable.

— Hum… oui, bien sûr. »

Après un moment, presque arrivée à la fin de la seconde crêpe, Louise reprend la parole…

« Il y en a combien, des énigmes ?

— Douze.

— En es-tu sûr ?

— Oui, j'en suis sûr.

— Ce n'est pas un petit peu trop ?

— Par rapport à quoi ? »

Et là, aucune réponse ne vient à l'esprit de Louise. Finalement, elle se lève, va chercher son manteau, un bonnet et une écharpe, parce que, bien qu'il y ait du soleil, l'air de février est froid.

« Excellente idée ! » dit Julien, lorsqu'elle revient totalement couverte de la tête aux pieds.

Soudain, elle fait demi-tour et remonte dans sa chambre, parce qu'elle a oublié des choses : un gant, celui de la main gauche, et un crayon, car, pour résoudre des énigmes, cela peut toujours servir.

Elle redescend à toute vitesse, car à l'anxiété se mêle maintenant l'attrait de la nouveauté.

« Ça y est, je suis prête ! »

Maman, entre-temps, est arrivée dans la cuisine avec un bol de café entre les mains. Elle lance un « Joyeux anniversaire ! » à Louise.

« Merci, maman !
— Très bien. Alors, je lance la chasse au cadeau d'anniversaire ! C'est parti. Chloé, tu donnes la première énigme ? »

Maman tend à sa fille un petit papier plié en quatre, qu'elle tenait caché dans sa main.

« Voilà. Amuse-toi bien ! C'est ta première destination. »

Louise déplie le papier : « Sous le tapis, la plage. »
« Hein, quoi ? Quelle plage et quel tapis ? »

Et elle commence à penser à tout ce qui ressemble à un tapis, à l'intérieur de la maison. Mais son papa, en la voyant emmitouflée dans son manteau, a dit « bonne idée », donc il vaut peut-être mieux chercher ce qui s'appelle « tapis » et se trouve dehors.

La plage la plus proche est peut-être à 300 kilomètres… C'est mal parti.

Pourtant, elle continue sur cette idée et se décide à sortir dans le jardin. Sur une plage, il peut y avoir des déchets en plastique, des cailloux, des rochers, mais il n'y a rien de tout cela ici. Balayant tout du regard depuis les marches de la terrasse à l'arrière qui donne sur le jardin, Louise s'écrie soudain… « Le sable ! »

Et le tapis, car il en existe un pour les jardins, qui imite le gazon et permet de s'essuyer les pieds avant de rentrer dans la maison.

« Dessous, probablement ? »

24

Eh oui ! Un autre petit papier se trouve caché sous l'un des coins.

« Super ! Plus que onze ! »

Elle le déplie, et lit : « K est le nombre de portes pour entrer dans la maison. Double K, et soustrais 2. Une fois le résultat trouvé, tu vas l'écrire sur l'arbre qui donne des fruits rouges. »

« Facile, se dit-elle. Alors, une dans l'entrée, une qui mène directement au garage, et une autre qui mène à la terrasse… Donc 3 - 2… = 1. Non, non, ce n'est pas ça. 3 multiplié par 2, cela fait 6, moins 2, cela fait 4 ! Et l'arbre qui donne des fruits rouges, c'est le cerisier. Mais comment je peux écrire dessus ? »

Louise court vers l'arbre et trouve, au pied, un petit panier en osier qu'elle n'avait pas tout de suite remarqué, mais qui contient une craie et un autre petit papier… Elle saisit la craie entre les doigts de sa main sans gant, et trace un gros 4 sur le tronc de l'arbre. Puis elle déplie le petit papier suivant : « Dans le garage, il y a " B" paires de bottes de neige. L'une des paires est chez le cordonnier pour réparer les lacets. Combien reste-t-il de paires de bottes de neige ? Va dans le garage pour vérifier. »

« Super facile ! B - 1, c'est une paire en moins. Il reste 4 paires.
— T'es sûre ? demande maman, qui vient de rejoindre Louise.
— Oui, euh… non. B paires, moins une : une paire. Il reste bien B - 1, en paires, et pas en bottes… 2 ! »

Là, Louise commence à trouver les énigmes franchement moins drôles, et se dirige d'un air un peu triste vers le garage. Si elle avait été attentive, elle aurait trouvé tout de suite. Comme c'était à prévoir, elle découvre l'énigme suivante dans l'une des quatre (oui, quatre !) bottes de neige.

Elle énonce : « Un escargot a trouvé des feuilles de salade. Il en garde 6 pour lui, et donne à son meilleur copain escargot 6 feuilles aussi. Il a dû en jeter 2, qui n'étaient

pas très belles, et il en a perdu une en chemin. Comme il lui reste encore 3 feuilles, il décide d'ouvrir un restaurant pour escargots. Combien de feuilles de salade y avait-il en tout ? Le restaurant de l'escargot se trouve dans le jardin d'hiver, à l'arrière de la maison. »

« Pfiou, cela se complique ! » Louise ne trouve plus tellement cela à son goût. Pourtant, le jeu est sympathique, mais les questions lui paraissent particulièrement difficiles, surtout pour un dimanche, et encore plus pour un anniversaire !

C'est en boudant qu'elle trouve la boutique de l'escargot, puis le pot, puis la chaise, puis le hamac, puis le bord de la fenêtre, puis les roses de Noël, puis le robinet d'arrosage, et, avec chaque lieu, l'énigme suivante.

« Douze, ouf ! C'est bon, j'ai réussi les douze ! Et j'ai faim ! Et voilà mamy et papy qui arrivent ! Et j'espère bien avoir gagné mon cadeau ! Papy !!! Mamy !!! Bonjour ! »

Mamy donne un petit papier à Louise, qui l'ouvre avec empressement : « Ton cadeau est dans l'entrée de la maison ! »

« Ouah !!!
— Et il t'attend, va vite ! ajoute papy.
— Des patins à roulettes ? Youpi ! Merci mamy, merci papy, merci papa, merci maman ! »

-:-:-:-

La vie est aussi comme une suite de challenges et d'énigmes à résoudre chaque jour, et cela peut parfois prendre des aspects difficiles, qui te donnent envie de bouder ou de te plaindre. Tu peux toujours penser que, comme Louise, tu as toutes les chances de réussir, parce que, à chaque étape, tu apprends quelque chose.

Et… le bonheur est à trouver dans chaque instant, justement, puisque tu peux apprendre quelque chose !

Je suis

FORTE

Les difficultés font partie de la vie. Elles ne sont pas là pour t'embêter, elles sont là pour te rendre plus forte.

Que ce soit à l'école, ou à la maison, quand tu rencontres une difficulté, au lieu de paniquer, applique cette technique qui va te permettre de rester calme.

Pense très fort à quelque chose que tu adores faire, et qui te rend heureuse. Par exemple, manger des crêpes, faire du roller, jouer avec ton chien ...

Ensuite, ferme les yeux, et imagine-toi en train de le faire. Respire plus lentement, et dans ta tête compte jusqu'à 10. Et tu verras que tu seras beaucoup plus calme, et détendue. Prête à affronter n'importe quel défi.

Jeu # 2 – Ton journal de super-héros

Objectif : Découvre tes forces.

Matériel : Un petit cahier, des crayons de couleur, un stylo.

Comment jouer :

- Dans un carnet, liste toutes les choses que tu fais naturellement sans te forcer et quel super pouvoir cela te donne. Par exemple, tu peux écrire « Je suis gentille, donc mon super pouvoir c'est de faire en sorte que les gens se sentent bien ».
- Une fois que tu as listé toutes les choses que tu fais naturellement (ce qui est facile pour toi), tu vas imaginer un super-héros et tu vas lui donner ton prénom. Par exemple, dans mon cas mon super héros s'appelle Super Lucille.
- Dans ton cahier, tu vas chaque semaine donner une mission à ton super-héros. Par exemple, si dans tes super pouvoirs il y a « Je sais raconter des blagues qui font rire les autres », tu vas donner en mission à ton super héros de raconter une blague dans la semaine.
- Quand ton super héros réussit une mission, offre-lui une récompense : Par exemple, tu peux réaliser sur une page de ton carnet un dessin qui montre Super-Toi en train de célébrer sa victoire.

Au fil du temps, tu verras que grâce à ton super héros que tu entraînes, tu vas prendre confiance en toi progressivement.

Histoire 3

Louise apprend à se faire des amis

Louise, pensant pouvoir se faire des amis en plus, voudrait devenir porte-parole de sa classe. Seulement voilà, ses amis ne sont pas au rendez-vous pour son « élection », parce que Louise est décidément très anxieuse, et les enfants de la classe semblent préférer Malcolm.

Finalement, Louise se retrouvera bien seule, jusqu'à ce que… sa maman, Chloé, lui donne un conseil. Encore faudra-t-il que Louise le comprenne et l'accepte.

-:-:-:-

Depuis plusieurs semaines, une sorte de campagne électorale se déroule dans la classe. Elle est organisée comme pour une vraie élection. Il y a des candidats qui sont venus au tableau pour expliquer leur programme et leurs motivations, et pourquoi ils voulaient devenir porte-parole de la classe.

Une première élection a eu lieu, ce qui a permis de déterminer les trois candidats qui allaient rester pour l'élection officielle.

C'est ainsi que Justin, Daniel et Dominique ont été éliminés, alors que Louise, Malcolm et Axel sont restés candidats. Non pas que Louise ait dit quelque chose de très intéressant, mais elle était, ce jour-là, bien plus à l'aise que les autres, et tout simplement plus convaincante.Évidemment, Louise, particulièrement bien organisée, a conçu un programme à partir de sa motivation principale, qui est de se faire plus d'amis, car elle pense ainsi que prendre la défense des élèves en devenant leur porte-parole, ou prendre des rendez-vous avec des professeurs pour leur expliquer leurs problèmes, lui permettra de recueillir d'abord des voix.

Donc, depuis plusieurs semaines, lorsque Louise n'est pas à l'école ou en train de faire ses devoirs à la maison, elle passe beaucoup de temps à établir son programme en vue de son élection.

D'abord, elle a listé ce qui, de son point de vue, n'allait pas pour elle. Puis d'autres choses qui n'allaient pas pour la classe. Et enfin, elle a fait une liste de ce qu'il faudrait changer en urgence.

Par la suite, elle a terminé sa liste par les noms des enseignants, auxquels elle a donné des notes.

En procédant ainsi, elle était certaine que tout le monde allait apprécier son programme, la suivre en tous points et, bien évidemment, voter pour elle.

Cependant, il semblerait que Louise ait oublié quelques détails, comme demander l'avis des autres, échanger des observations, mener une petite enquête, recueillir des commentaires, ou même, tout simplement, lire un tout petit peu le règlement de l'école et les obligations des élèves.

Bref, Louise a bâti sa campagne autour d'elle, en ne pensant pas tellement aux autres !

Cela, dans la tête de Louise, paraît plus que logique, car elle entend souvent le voisin parler des hommes politiques et dire que la place est bonne, et que presque tous ne pensent qu'à eux en premier.

Donc, le programme de Louise, pour intéressant qu'il soit, en raison du temps qu'elle y a passé et du cœur qu'elle y a mis, n'est en rien séduisant, et encore moins démocratique. Bien sûr, quelques idées pourraient remporter la faveur de quelques élèves, mais, globalement, son programme n'est pas vraiment adapté. Dans le cas de Louise, le fait de devenir porte-parole, c'est presque vouloir opérer une révolution dans l'école en ne se souciant de rien d'autre.

Elle a donc commencé sa liste en demandant un aménagement des horaires, puisque les heures de cours de l'après-midi ne permettent pas vraiment de faire un goûter digne de ce nom.

Ensuite, elle a écrit que l'école devrait songer à agrandir son terrain, sur lequel il faudrait ériger des constructions spéciales faisant des creux et des bosses, afin que le vélo free-style et le skateboard puissent être enseignés officiellement comme des disciplines sportives.

De plus, il faudrait revoir d'urgence l'organisation de la cour, avec la création de bancs en rond autour des arbres, de gros platanes, dont les racines ont pris de l'ampleur et deviennent des pièges à pieds, vu que, régulièrement, des élèves y trébuchent et tombent en se faisant mal.

Enfin, elle va commencer un tableau qu'elle va faire circuler dans la classe, afin que chaque élève puisse donner des notes aux enseignants, en juste retour des choses. D'ailleurs, elle commence tout de suite avec un 2 donné au remplaçant d'histoire-géo, qui parle finalement trop de géo et pas assez d'histoire.

Axel, étant tombé malade entre-temps, a retiré sa candidature. Louise se retrouve donc finalement face à Malcolm pour être choisie, ou pas, comme porte-parole de la classe.

Bref… vous voyez bien.

Maman Chloé, de son côté, observe depuis quelques jours les avancées de ce que Louise prépare, et s'aperçoit que son programme commence à prendre corps, puisqu'elle a déjà écrit au moins deux pages.

Ce samedi matin là, Louise semble être au point dans son programme, ayant ajouté encore quelques bonnes idées (de son point de vue à elle, bien sûr).

« Louise, tu en es où de ta campagne électorale ?
— Ah, je suis en train de dessiner une petite affiche. J'ai pensé à un fond bleu, à l'aquarelle, et

je vais faire un collage avec des photos des arbres de la cour de récré, et puis un vélo qui s'envole avec moi devant.

— Et tu en fais quoi, de ton affiche ?

— Des photocopies couleur.

— Et puis ?

— Je les distribue dans la classe.

— OK. Tu sembles bien organisée. »

Mais maman, connaissant bien sa fille qui a toujours beaucoup d'entrain et d'idées nouvelles, et qui cherche toujours à « tout bien faire », pense que, pour une élection, cela pourrait bien lui jouer quelques tours, avec une déception au bout du compte. Donc, maman fait une proposition à Louise qui, sans le savoir, va lui permettre de l'aider en lui proposant de revoir sa copie.

« Tu vas devoir présenter ton programme à toute la classe, n'est-ce pas ?

— Oui, à la fin de la semaine prochaine.

— Et tu n'as pas le trac de devoir parler devant tous les autres ?

— Non, parce que j'ai un projet à défendre. »

Maman se doutait de la réponse, car Louise a parfois un côté garçon manqué, un peu batailleur. Sa Louise, qu'elle connaît bien, qui agit par impulsion, et… réfléchit après. C'est pourquoi maman prend une grande inspiration et propose à Louise :

« Veux-tu faire une répétition pour voir si tu es au point ?

— Oh oui, maman ! Je vais chercher mon cahier tout de suite.

— OK, je t'attends et on commence. Un chocolat chaud, d'abord ?

— Oui, maman ! »

Elles s'installent toutes les deux dans la cuisine, et Louise commence à lire ses propositions.

En premier, ce qui ne va pas pour elle. Puis, immédiatement après, ce qui ne va pas pour la classe.

« Dis-moi, Louise, tu as demandé leur opinion à des élèves ?

— Non, pas la peine.

— En es-tu sûre ? Qu'est-ce qui te fait dire que ce que tu penses correspond à ce que les autres pensent ?

— Je vis dans la classe tous les jours, et je fais attention à ce qu'il se passe.

— D'accord, je comprends ton argument.

— Merci, maman.

— Mais as-tu tenu compte de la définition du poste de porte-parole de la classe ?

— …

— Un porte-parole est un ambassadeur qui permet d'échanger et de faire des propositions. Dans ton cas, il s'agit des relations entre enseignants et élèves. »

Et là, dans la tête de Louise, c'est une tempête totale. Le noir, avec des éclairs, et elle devient toute rouge.

Après une minute de réflexion, Louise décide de faire diversion pour pouvoir réfléchir hors de la tempête qui est en train de se produire :
« Maman ?

— Oui, Louise.

— J'ai bientôt faim, qu'y a-t-il à manger à midi ?

— Une salade aux huîtres chaudes.

— Beurk ! Ce n'est pas possible.

— Mais si, c'est possible. Je n'ai vraiment pas besoin de te consulter, parce que je te vois manger tous les jours.

— Hein ? Quoi ?

— Tu as bien compris. Si je décide de servir une salade aux huîtres chaudes et rien d'autre, c'est parce que je suis convaincue que c'est bien pour toi.

— Mais j'aime pas ça ! »

Mais maman ne répond plus rien. Après deux minutes…

« Attends, maman, la salade aux huîtres chaudes, c'est une blague ?

— Pas une blague, mais une leçon.

— Ah oui, je vois, mais tu peux mieux m'expliquer ?

— Bien sûr ! Si tu veux te faire des amis, et avoir des responsabilités dans une classe dont tu deviens l'ambassadrice, la première chose à faire est une sorte de concertation. Recueillir des avis, les noter, mais aussi, plus que tout, admettre qu'il y ait des différences dans les idées et savoir écouter les autres. Ainsi, tu établis des dialogues desquels naissent des idées nouvelles. C'est d'une réflexion commune que les plus belles idées naissent.

— Merci, maman, je vais revoir mon programme.

— Tu me le liras lorsque tu auras fini ?

— Oui, maman ! Bien sûr ! »

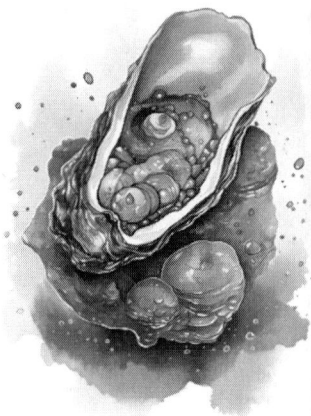

-:-:-:-

Se faire des amis est toujours possible, car il y a mille façons de sympathiser avec d'autres enfants, lorsque tu es toi-même sympathique : t'inscrire dans un club ou dans une association, participer à des cours en option, proposer des idées de fêtes… Tu retiendras que beaucoup de choses sont possibles, mais qu'être humble ou gentil, ouvert à la discussion et aux activités à plusieurs, ensemble, aide grandement les choses, notamment en matière d'amitié !

Je suis

BELLE

Quand il s'agit de te faire des amis, mais aussi de les garder, tu dois toujours leur demander leur avis. Même si tu as l'impression de connaître leur réponse.

Parce que quand tu leur demandes leur avis, tu leur fais plaisir, et ils sont contents. Mais surtout tu évites de les blesser.

Alors, comme Louise à la fin de l'histoire, n'hésite jamais à demander aux autres ce qu'ils pensent, si tu dois faire quelque chose qui les concerne.

Mémorise l'adage suivant « Si on a deux oreilles et une bouche, c'est pour écouter deux fois plus qu'on ne parle ».

Jeu # 3 – Prends conscience de ta valeur tous les jours.

Objectif : Apprends à reconnaître tes qualités.

Matériel : Un miroir, des post-it (ou des feuilles pré-découpées)

Comment jouer :

- Tous les soirs, avant de te coucher, écris sur un petit papier une chose positive sur toi. Par exemple « J'aime beaucoup mes cheveux », « Je suis douée en mathématiques », ou « Je suis forte à la course ».
- Tous les matins, quand tu te réveilles, prends-le papier que tu as écrit la veille et lis-le à haute voix devant ton miroir.

Au fil du temps, tu verras que grâce à ces affirmations quotidiennes, tu vas prendre confiance en toi.

Histoire 4

Louise apprend à collaborer avec les autres enfants

Louise est souvent en compétition avec une autre élève, en classe. Elles se disputent alternativement la première place dans une matière précise : les mathématiques. Comme pour ces deux filles, il arrive parfois, dans la vie, que tu doives subir des événements qui ne te font pas plaisir. La première chose à laquelle penser est qu'il vaut toujours mieux rester calme, prendre du recul et observer la situation. Sinon, les choses peuvent s'aggraver.

C'est ainsi que Louise va apprendre comment tirer parti d'une mésentente, comment travailler en binôme, et comment, en étant deux, même anciennes rivales, avoir de nouvelles idées.

-:-:-:-

Toute la classe, d'un bel ensemble, est penchée au-dessus des cahiers. De temps à autre, une tête se lève pour s'assurer que rien n'est oublié de l'énoncé des exercices qui sont notés là-bas, au tableau. Dans un silence presque absolu, madame Murielle, l'enseignante, parcourt lentement les rangées entre les tables, et observe avec attention les stylos sur les cahiers et l'attitude des élèves. Il y a ceux qui peinent un peu et ceux pour qui les exercices semblent aisés à résoudre, situation normale dans n'importe quelle classe du monde entier. Et, comme tout semble bien se passer, madame Murielle retourne à sa place.

Le tableau est garni d'une dizaine d'énoncés qui parlent de fractions, de pourcentages, de surfaces et de coefficients de proportionnalité.

« Fastoche », se dit Louise... qui entreprend immédiatement la résolution des problèmes.

Il faut dire que l'instant est grave, car ce devoir est une composition dont les résultats compteront pour le trimestre.

Une fois qu'elle est un peu avancée dans le devoir, Louise commence à observer Daniela, qui est assise un rang en avant et juste devant elle. Et il semblerait que quelques gestes trahissent les difficultés de Daniela, qui est pourtant très forte en maths. Elle se gratte la tête et se tortille sur sa chaise, ce qui ne lui ressemble pas.

Louise n'est pas vraiment amie avec Daniela, juste un peu, mais pas trop, parce que cette dernière est devenue une adversaire, car elle gagne trop souvent la première place à son goût. Louise, donc, en représailles, n'adresse plus la parole à Daniela depuis plusieurs jours.

L'heure tourne, Louise n'a plus qu'un exercice à faire, et, n'y tenant plus, elle se penche en avant et tire en arrière la manche de Daniela, qui semble toujours peiner. La réponse ne se fait pas attendre : Daniela redresse rapidement son bras avec un moulinet du coude.

« Mais qu'est-ce qui lui arrive ? » se demande Louise. Faut-il comprendre ici un excès de compassion de la part de Louise ? Ou bien veut-elle plutôt s'assurer que Daniela peine vraiment, ce qui lui assurerait une première place certaine ? Hum…

Elle récidive, tire à nouveau la manche, et la réponse est similaire : moulinet de bras, retour du coude. Daniela tourne la tête et fusille du regard notre Louise, ce qui n'est pas du tout du goût de cette dernière, parce que, tout de même, elle est bien gentille et elle veut juste savoir.

Finalement, Louise tape sur l'épaule de Daniela, qui, excédée, bondit de sa chaise, se retourne et se demande un instant si elle ne va pas lui donner une cl…

« Daniela, que fais-tu ? »

C'est madame Murielle, évidemment, qui intervient.

« Madame, c'est Louise, elle me cherche des histoires.

— Ah, vraiment ? Louise, aurais-tu quelque chose à répondre ?

— Oui ! Enfin… Non, c'est elle qui fait des histoires !

— Ah, très bien. Écoutez les filles, je ne souhaite pas connaître les détails, mais vous venez de perturber toute la classe. Donc, pour l'instant, la meilleure chose à faire est de terminer le devoir en silence, et je vous dirai, lorsque tout le monde aura rendu les copies, comment je vois les choses. »

La composition se termine dans le plus grand silence et sans perturbations, cette fois-ci. Madame Murielle ramasse les devoirs et retourne à son bureau.

« Daniela et Louise, venez ici. »

Les deux filles se lèvent et arrivent sur l'estrade. Puis madame Murielle s'adresse à toute la classe : « Les enfants, le fait de perturber un cours n'est pas une bonne chose, ni pour celui ou celle qui est là pour apprendre, ni pour les autres qui sont dérangés. L'école est aussi un lieu d'apprentissage du respect. Ainsi, il me semble important que nous utilisions l'événement d'aujourd'hui pour apprendre quelque chose. »

« Pfiou… Quand ça commence comme ça, c'est qu'il y a une punition à prévoir… » Et Louise lance un regard désespéré à Daniela, qui hausse les épaules.

« Puisque l'une et l'autre avez parlé d'histoires, mesdemoiselles, toute la classe est impatiente d'écouter votre exposé sur l'histoire des mathématiques, pour dans… deux semaines. Bien sûr, vous travaillerez ensemble, et pas chacune de votre côté.

— D'accord, madame ! dit Daniela.

— Oui, madame ! » ajoute Louise, un peu triste et un peu honteuse. Il y a bien une petite voix en elle qui lui dit que, tout cela, c'est quand même un peu de sa faute.

Juste après la fin du cours, les deux filles tentent de s'organiser, car il est inutile de perdre du temps, et l'histoire des mathématiques est un vaste sujet.

« Le mieux, c'est que tu viennes chez moi.

— Non, c'est trop loin et ma mère ne voudra pas.

— T'es sûre ?

— Non, mais moi non plus, je ne veux pas venir.

— On fait comment, alors ?

— C'est toi qui viens chez moi.

— T'as un chat ?

— Non, deux chats.

— D'accord, alors je viens. »

« Au moins, se dit Louise, si cela se passe mal, je pourrai jouer avec les chats ! »

Le soir même, Louise, qui a gardé un air triste toute la journée, annonce à son père qu'elle a été punie.

« Louise, c'est une opportunité d'apprendre, de travailler en groupe, et de faire quelque chose de différent qui va sans doute passionner la classe ! Je ne trouve pas que cela soit une punition, mais un joli challenge intéressant.

— Ah bon ? T'es sûr ?

— Disons que c'est une façon positive de voir les choses. Ce que tu fais généralement, c'est exact ? Tu peux donc continuer à faire ainsi, y compris avec Daniela.

— Hum, ouais, je crois que tu as raison, papa… »

Le grand jour arrive. Louise prend des crayons de couleur et de grandes feuilles de papier à dessin qu'elle a soigneusement roulées, et deux livres d'histoire des mathématiques trouvées à la bibliothèque, et rejoint Daniela chez elle.

Un moment passe, les recherches débutent, mais les deux filles montrent bien vite quelques points de désaccord.

« C'est les Chinois !

— Non, les Égyptiens !

— Mais les Chinois sont plus vieux que les Égyptiens !

— Mais regarde ici, il y a plus vieux encore.

— Ah oui ? Et qui ?

— Les Africains.

— Et ils savaient déjà faire des mathématiques ?

— Ben, un peu quand même. "Au Congo", dit le livre.

— Sais pas, j'étais pas là pour voir.

— Bon, on peut se mettre d'accord ?

— Peut-être.

— Mais regarde plus loin, il est dit que cette hypothèse est "contre à verser".

— "Controversée".

— Ça veut dire quoi ?

— Tu le sais pas ?

— Non. »

Louise ne le sait pas non plus, ne dit rien, mais propose une idée de génie.

« T'as un dictionnaire ?

— Oui.

— Va le chercher. »

Et l'instant d'après…

« Voilà.

— "Controverser :   mettre   en discussion ; contester."

— Ah, tu vois, donc on ne peut pas le mettre !

— Ben si, mais on dit que c'est "consisté".

— "Contesté" !

— Oui.

— Alors, les bâtons d'Ishango, des bâtons qui servent à compter.

— C'était quand ?

— 20 000 ans avant nous ! Mais c'est contesté.

— Tu sais quoi ?

— Quoi ?

— Et si on faisait un grand trait sur la page, comme cela, dessus, nous écrivons les années, et puis de petites flèches qui partent au-dessus et en dessous, avec des dessins ou des collages qui illustrent les points précis ?

— Ouais !

— T'as une photo du bâton ?

— Oui, mais je peux pas la découper, vu que c'est dans un livre de la bibliothèque.

— Bon, alors, tu le dessines ?

— Pourquoi moi ? Tu peux pas le faire ?

— Non, parce que j'ai autre chose à faire.

— Pfiou, t'es jamais d'accord, t'as toujours raison, et tu sais tout ! Toujours ! ON DIRAIT UN GARÇON !

— Non, moi, je suis pas comme un garçon. Et puis tu m'énerves !

— Ah ! Ça prouve bien que t'es comme un garçon, parce que les garçons, c'est vite énervé.

— Même pas vrai !

— Si ! T'es un garçon manqué parce que tu fais du karaté, d'abord.

— Mais tu sais même pas ce que c'est ! Il y a plein de filles dans la classe de Marcel… »

Et Daniela ronchonne.

Après quelques instants…

« Daniela ?

— Quoi, encore ?

— Et si, une fois, tu venais avec moi ?

— Mais où ? En Afrique ?

— Mais non ! Au karaté. »

Après une bonne demi-heure, le calme est revenu, et le travail est enfin constructif.

« En 1 650 avant notre ère, le papyrus Rhind. C'est un document égyptien qui montre des problèmes d'arithmétique et de géométrie avec leurs solutions. Et c'est là que nous

trouvons aussi π (pi) qui est égal à 3,160, à l'époque.

— Normal.

— Quoi, "normal" ?

— Pour construire des pyramides, fallait sans doute arriver à faire des calculs, non ?

— En 560 avant notre ère, Thalès définit des éléments de géométrie : les triangles et leurs propriétés.

— Juste après, Pythagore définit les maths comme un idéal de pensée.

— Une philosophie ? … »

Et c'est ainsi que la première journée de travail en commun de Louise et Daniela se termine.

-:-:-:-

Un travail en commun, même entre deux enfants qui ne sont pas toujours d'accord, peut se préparer et devenir une grande réussite, grâce à la créativité de chacun. Louise a compris, avec l'exposé sur les maths, que, si elle était restée sur ses positions, les choses auraient avancé bien plus lentement. Et même si Daniela croit que Louise est un garçon manqué, toutes deux ont réussi brillamment – aussi bien que des garçons, ha ! ha ! – à construire une belle présentation, applaudie par toute la classe deux semaines après.

Travailler en binôme permet de mettre en commun des savoirs et d'apporter des idées nouvelles, et cela se révèle exact pour bien des aspects de la vie.

Un peu de culture avec Louise…

Pythagore était un mathématicien et philosophe de l'antiquité (il y plusieurs centaines d'années). Il est connu ses travaux en mathématique qui ont permis de mieux maîtriser le calcul des triangles.

Pythagore

Cléopâtre était une reine égyptienne, connue pour sa beauté, sa très grande intelligence et ses compétences politiques. Elle savait choisir des alliés pour préserver les intérêts de son peuple.

Cléopâtre

Le bâton d'Ishango est un objet archéologique découvert dans la région du lac Edward en République démocratique du Congo. Il a été créé par des populations locales il y a environ 20 000 ans. Le bâton comporte des marques qui suggèrent qu'il était utilisé pour effectuer des calculs mathématiques et pour suivre les cycles lunaires.

Bâton Ishango

Jeu # 4 – Apprends à faire des compliments aux autres

Objectif : Apprends à reconnaître les qualités des autres.

Matériel : Aucun, juste toi et ta bonne humeur.

Comment jouer :

- Chaque fois que tu en as l'occasion, fais un compliment sincère à quelqu'un. Par exemple, si tu es en train de jouer avec une copine à la fin du jeu, n'hésite pas à lui dire combien tu apprécies jouer avec elle.

Faire cela va toucher les gens avec qui tu passes du temps et tu sais quoi ? Ils auront eux aussi envie de te faire plein de compliments. C'est comme ça que vous deviendrez des amis insépa

Je suis

AIMÉE

Il n'existe pas d'activités de garçons, et d'activités de filles. Fais ce qui te fait envie. Ceux qui te traiteront de garçon manqué ne font que montrer à quel point ils ne connaissent pas l'activité qui te plait.

Tu es capable de faire aussi bien que les garçons, voire mieux qu'eux. Alors, ne te laisse pas arrêter par ça. Choisis toujours selon ton cœur, sans te préoccuper de ce que vont dire les autres personnes.

La prochaine fois que tu veux essayer une activité, pose-toi la question suivante « Est-ce que j'en ai envie ou pas ? ». Si la réponse est oui, alors, fais-la.

Histoire 5

Louise apprend à s'organiser

Tous les enfants garnissent leurs journées de rêves, ou d'envies. Quelquefois, le doute s'installe et laisse penser que le rêve est difficilement réalisable. Ou que l'envie est un petit peu « folle ».

C'est ce qu'il t'arrive à toi aussi ? Pourtant, tes parents te disent régulièrement qu'avant de penser que quelque chose n'est pas possible, il est important d'essayer, et que la plupart de tes rêves sont réalisables.

Mais Louise, qui a des rêves plein la tête, oublie parfois un petit détail qui, pourtant, change tout. Voyons ici comment Louise va comprendre que « faire cavalier seul » ne peut qu'augmenter ses angoisses, et risquer de lui faire prendre du retard, voire de… tout faire rater !

-:-:-:-

Par un beau dimanche matin… Louise décide de faire part d'un nouveau projet à ses parents.

Dans sa famille, le petit-déjeuner du dimanche matin est un moment privilégié pour se retrouver au calme tous ensemble, maman, papa et Louise, pour parler à bâtons rompus et prévoir des activités ensemble. Ou bien pour planifier un événement particulier, tel qu'un anniversaire, une fête, la livraison et l'installation d'un nouveau meuble… Ou même pour choisir le lieu des prochaines vacances.

« Papa, maman, je voudrais organiser une fête !
— Ah oui ? » répond immédiatement Julien, qui semble positivement intéressé.

Il faut dire que les idées de Louise peuvent souvent paraître surprenantes, et celle d'aujourd'hui n'échappe pas – non plus – à la règle !

« Vas-y, Louise ! Nous t'écoutons, ajoute Chloé.
— Alors voilà, je voudrais organiser une fête dans le jardin pour que tous mes amis puissent venir.
— Et… il s'agirait de quelle fête ? »

« Comme il n'y a ni fête, ni anniversaire, ni livraison à l'horizon, il doit s'agir d'une tout autre chose… » pense Julien en attendant la réponse.

« Je veux organiser la fête des fraises ! déclare Louise, rayonnante, tout en prenant un de ces fruits à disposition sur la table, une bonne grosse fraise bien mûre qu'elle croque avidement.
— Et pourquoi la… fête des fraises ?
— Parce que c'est mon fruit préféré et… que c'est la pleine saison, c'est bientôt le moment où elles sont les meilleures. »

Papa et maman se regardent avec un sourire entendu, et semblent trouver l'idée intéressante. Julien est souvent d'accord lorsque Louise propose quelque chose de nouveau, une idée ou un rêve, ce qui démontre sa créativité et lui permet de développer sa confiance en elle.

De ce dernier point, non seulement Julien est convaincu, mais Chloé aussi. C'est en essayant et en expérimentant qu'il est possible d'apprendre, y compris lorsqu'il s'agit d'organiser pour la première fois une fête des fraises pour les amis de Louise.

« Et… cela serait pour quand ? demande maman.

— Ben, dans deux semaines, avant que la saison soit finie. Le samedi après-midi, comme ça j'ai le temps de préparer tous les gâteaux le matin, je décore le jardin quand j'ai fini les gâteaux, et les invités arrivent vers 14 h. Je pense que c'est bien ! »

« Quel programme audacieux ! pense Julien. Toutefois, est-ce vraiment réalisable ? Mais c'est une bonne occasion pour Louise d'apprendre à maîtriser son temps, après avoir mis au point un programme… Nous verrons bien, tout ceci est très intéressant… »

Et Chloé, dans son coin, n'est pas loin de penser la même chose !

« Alors ? Vous êtes d'accord ? Parce qu'il faut que je le sache tout de suite, puisque je dois préparer les invitations cet après-midi pour pouvoir les donner lundi à l'école…
— Ah, oui, bien sûr… »

Louise a, vraiment, déjà tout prévu.

« Oui, Louise, nous sommes tous les deux d'accord !
— Youpi ! Merci papa ! Merci maman ! »

Chloé ajoute : « Si tu veux, je serai avec toi dans la cuisine, si nécessaire, pour t'aider… »

Mais Louise ne laisse même pas sa maman finir sa phrase : « Non merci, c'est gentil, il faudra juste que tu achètes des fraises, de la farine, de la crème à fouetter, du beurre, du sucre, des œufs et de la vanille, et je m'occupe de tout le reste. »

Cela fait rire maman, qui ajoute immédiatement :

« Écoute, Louise, tu me fais une liste avec ce qu'il te faut et la quantité pour chaque ingrédient, c'est le plus simple.

— D'accord, maman, tu l'auras mercredi prochain.

— Super, ma chérie ! »

Avoir confiance en soi, c'est bien, mais, parfois, l'excès de confiance peut donner quelques angoisses. Nous allons voir comment cela peut se produire, en suivant le déroulement des aventures de Louise et de sa fête des fraises durant les jours qui suivent...

Elle crée donc des cartons d'invitation le samedi, comme prévu, avec un tampon à l'éponge qu'elle a fabriqué. C'est simple : une grosse fraise avec trois feuilles en haut, des petits points en haut à gauche, et de la place laissée pour le mot « INVITATION » écrit à la main un peu en bas à droite. Le tout « imprimé » une trentaine de fois sur des pages de papier à dessin découpées en quatre, en mélangeant du rose et du rouge...

Lundi, elle distribue tout.

Mardi, elle compte qui va venir.

Mercredi, elle fait la liste des courses et la donne à sa maman.

Jeudi, elle fait la liste des gâteaux qu'elle veut faire.

Vendredi, elle réfléchit à la façon dont elle pourrait décorer le jardin.

Samedi, elle fabrique des guirlandes avec du papier crépon qu'il lui reste, du rose et du rouge, et retrouve des ballons à gonfler.

Dimanche, elle découpe du papier rose en forme de cœur pour décorer la table.

Ouf ! Quelle semaine !

Mais, chez Louise, l'angoisse monte, monte ! « Est-ce que mon choix de gâteau est le bon ? Est-ce que je devrais plutôt faire des salades de fruits ? Il me faudrait bien de la confiture, aussi… Et pourquoi pas des cookies ? »

Voici ce dont Louise rêve : un gâteau géant à plusieurs étages, avec des couches de couleurs différentes et des fraises dedans. Et puis le tout recouvert d'une crème rose qui fait des dégoulinades artistiques sur le côté, le tout avec une montagne de fraises tout en haut, et un sirop par-dessus pour que les fraises soient super-brillantes.

Hum… brillante, Louise doit l'être aussi pour réaliser un tel ouvrage !

L'angoisse chez Louise est à son comble, alors que le soleil se lève sur le samedi tant attendu !

« Tout est dans la cuisine, ma chérie !
— Merci, maman.
— Tu m'appelles si tu as besoin de quelque chose, je suis dans mon bureau. »

Louise ne répond pas, mais pense… « J'ai besoin de personne, d'abord ! »

Pourtant, l'heure tourne, et sa tentative de faire un gâteau à plusieurs étages commençant par une génoise, qu'elle a pourtant l'habitude de préparer, se solde par une génoise qui ne gonfle pas du tout et gise dans le four de façon lamentable.

« Bon, faut que je trouve autre chose… Ah, je sais : une tarte ! »

Et voilà que Louise entreprend de mélanger les ingrédients, de garnir une tourtière à toute vitesse, de mettre des fruits dessus, et hop ! Au four ! Sauf que, un quart d'heure après, elle comprend sa nouvelle erreur. Une tarte aux fraises, c'est avec une crème dessous, et les fruits ne sont pas à cuire.

« Ouille, ouille, ouille ! Et il est déjà 10 h !

— Tout va bien, ma chérie ?

— Ou-u-i… Ou-u-i… » dit Louise d'une voix tremblante. Mais elle est sur le point de se mettre à pleurer.

« Que va-t-il se passer si je ne réussis aucun gâteau ? Mes amis vont se moquer de moi ! Et ils vont tous repartir, et personne ne se sera amusé ! » Louise est dé-ses-pé-rée !

« Ding dong ! »

« Bonjour Mathilde, entre ! »

Louise se – snif – précipite – snif – entre deux sanglots.

« Mamy ! Mamy ! Bonjour mamy !

— Bonjour Louise, comment vas-tu ?

— Euh... pas trop bien, mamy.

— Tu veux un coup de main, peut-être ! Il s'agit de faire quoi, au juste ? J'ai entendu parler d'une fête des fraises !

— Oui, c'est ça, mamy !

— Eh bien en voici quatre barquettes de plus, que je viens d'acheter au marché. Allons ensemble dans la cuisine. »

Et mamy de poursuivre : « Ah, mais je vois là une génoise dont nous allons pouvoir faire quelque chose ! Et puis un fond de tarte qui est bien intéressant. »

Puis, d'un air sérieux, Mathilde se tourne vers Louise et lui demande :

« Tu ne veux vraiment pas d'aide, Louise ?

— Euh… si, mamy… je veux bien, répond Louise, toute penaude.

— OK, c'est parti !

— Oh, merci mamy !

— Alors, nous allons faire une grosse compote de fraises qui fera la tarte. Dessus, nous mettrons la crème battue en neige que tu as là. Avec les fraises les plus mûres, nous ferons une grosse salade. Nous allons couper la génoise en bâtonnets qui serviront de « mouillettes » pour la

compote. Et il nous restera à faire des crêpes et à les rouler, une fois garnies de deux cuillères de compote. Il est quelle heure ?

— Presque 11 h, mamy !

— Parfait ! Tu coupes les fraises pour la compote, et je les passe au mixeur. Pendant ce temps, je fais la pâte à crêpes, et nous faisons la cuisson toutes les deux, chacune avec une poêle. Tu me suis, Louise ?

— Oui, mamy ! »

Et c'est ainsi que la fête a été « sauvée ». Chloé, en secret, avait appelé sa maman pour qu'elle vienne, mais elle souhaitait vraiment que Louise apprenne quelque chose de cette aventure. À un moment donné, Louise a bien compris qu'il ne fallait pas hésiter à demander de l'aide, avant que quelque chose ne risque de mal tourner !

Tous ses amis sont venus, tout le monde a joué dans le jardin, joliment décoré, et tout le monde s'est régalé avec les gâteaux, les compotes et les fraises ! Il a été décidé, à la fin de la journée, que, chaque année, il y aurait une fête des fraises, et… pourquoi pas dans tout le quartier ?

-:-:-:-

Demander de l'aide n'est pas un signe de faiblesse. C'est, au contraire, le signe que tu te connais bien, et que tu sais exactement ce que tu peux faire, et ce pour quoi tu dois encore apprendre.

Faire cavalier seul à tout prix nécessite de l'expérience, y compris pour faire des gâteaux ! Ainsi, parfois, une aide inattendue, ou que tu as demandée, te permet d'apprendre et de mieux connaître tes limites pour… mieux les dépasser !

Je peux

TOUT FAIRE

Quand tu vois que quelque chose est trop compliqué pour toi, n'hésite pas à demander de l'aide.

Il n'y a aucune honte à demander un coup de main. Tout le monde a besoin d'aide, même les super héros !

Alors, ce n'est pas parce que tu n'y es pas arrivée toute seule que tu n'es pas forte.

Tu es forte.

Jeu # 5 – Missions pour l'agent Super-Toi pour révéler l'héroïne en toi.

Objectif : Entraîne ton super héros pour réveiller sa force.

Matériel : Aucun, juste toi et tes parents.

Comment jouer :

- Dans chaque activité avec tes parents, demande qu'une mission te soit confiée. Par exemple, si tu accompagnes un de tes parents à la boulangerie, demande à être la personne qui va passer la commande. Pour cela, tes parents peuvent te rédiger une liste que tu auras juste à lire.
- Tu dois réaliser une nouvelle mission chaque jour.

Comme tous les super-héros, tu as besoin d'entraînement. L'avantage que tu as, c'est que tes parents peuvent être tes complices comme Alfred pour *Batman*, ou comme Jerry pour les *Totally Spies*.

Histoire 6

Louise apprend à persévérer

De temps en temps, il y a un événement dans une journée qui développe chez toi l'envie de tenter une expérience ou de faire quelque chose de nouveau. Tu peux commencer, et puis, assez vite, chercher ce qui pourrait t'aider à progresser.

De la même façon que tu n'es pas né en sachant déjà marcher, tu ne peux pas non plus savoir faire du vélo en trois secondes. Ni même savoir écrire en seulement quelques minutes.

Les notions de temps et d'apprentissage prennent, pour Louise, une dimension particulière, car elle a beaucoup de mal à ne pas vouloir avoir fini avant d'avoir commencé. Non, ce n'est pas mal, cela s'appelle de l'enthousiasme, mais il faut parfois arriver à le maîtriser !

Voyons comment…

-:-:-:-

C'est un grand jour de sortie, avec l'école, car toute la classe va visiter un très grand musée avec des milliers de tableaux et de sculptures. Tout est classé par période, ce qui permet de s'y retrouver : réalisme, impressionnisme, expressionnisme, abstraction.

Pour Louise, le classement se fait toutefois de façon beaucoup plus simple… C'est joli ou c'est pas joli. Les couleurs, ça va ou ça va pas.

C'est ainsi qu'aujourd'hui, après avoir pris un bus, et puis des tickets, tout le groupe entre dans ce hall immense et commence la visite selon un plan préparé par madame Paloma, que tout le monde surnomme

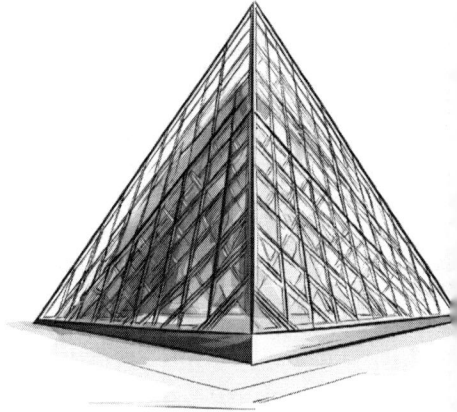

« Bélasquez », ce qui, apparemment, lui plaît, vu qu'elle est d'origine espagnole et qu'elle est prof d'arts plastiques.

Louise suit donc les autres le long des larges allées et traverses du musée, et regarde d'abord l'architecture faite de hautes colonnes en marbre des verrières placées en hauteur. Puis elle observe la couleur des murs, qui sont sans doute bien pour un musée, mais dont Louise ne voudrait sûrement pas pour sa chambre.

Cette constatation faite, tout le monde arrive dans l'aile consacrée aux impressionnistes. Et là, Louise décide de laisser parler son cœur qui lui dit si c'est joli ou pas. Et il se passe quelque chose, alors qu'elle arrive devant un tableau de Claude Monet.

Il se trouve que madame Paloma a des trucs à raconter sur Monet, sa vie et ses tableaux, ce que Louise écoute attentivement sans quitter des yeux l'œuvre, qui montre une croûte épaisse de peinture à l'huile faite de taches que, si tu fermes les yeux, tu vois des fleurs. Une impression, peut-être.

Madame Paloma explique que Monet a peint plus de 250 fois son jardin, à côté de sa maison, à Giverny, où il est mort en 1926. C'est entre Paris et Le Havre. Le jardin existant toujours, il est possible de le visiter. Madame Paloma ajoute que le peintre a cherché toute sa vie à capter la lumière… et que… bla-bla-bla…

Tout cela n'intéresse plus Louise. Tout ce qui intéresse Louise est que ça, là, ce qu'elle voit, c'est joli !

Très impressionnée par quelques tableaux, mais particulièrement par celui-ci, elle est convaincue qu'elle aussi peut faire un chef-d'œuvre. Après tout, elle a un jardin, et si Monet l'a fait, pourquoi pas elle ? Il y a des pâquerettes sur la pelouse, et des iris bleus et blancs sur les plates-bandes, ce qui pourrait l'inspirer*.
    *Petit clin d'œil, ici, à Vincent Van Gogh.

66

Bref, le jardin de Louise a bien les attributs qu'il faut pour que le tableau soit joli.

Une fois rentrée de son voyage culturel, à la maison, Louise est très enthousiaste, si enthousiaste qu'elle n'a plus qu'une idée en tête…

« Maman, maman, je veux peindre le jardin. Tu sais, le SEUL tableau du musée qui fait vraiment joli, je crois qu'il te plairait aussi. Il faut que tu fermes un peu les yeux pour mieux voir les fleurs. Bon, j'ai trouvé l'ensemble un peu sombre, mais c'est quand même vraiment joli !

— Ah oui, je vois, en… Non, pas très bien… Si tu me donnes le nom du peintre, ce sera plus simple pour moi.

— Mo-net.

— D'accord, tout s'éclaire.

— Maman ?

— Oui, ma chérie ?

— Il peignait avec quoi comme peinture, Monet ?

— De la peinture à l'huile, il me semble.

— On peut la faire nous-même ?

— Oui et non. Il vaut mieux, je pense, acheter des tubes.

— Maman, je veux des tubes de peinture à l'huile.

— Pourquoi pas. Mais pourquoi, Louise, devrais-je dire oui ?

— D'abord, j'ai déjà des pinceaux.

— D'accord, et puis…

— Et puis tu me dis toujours que, quand on a des rêves, on peut souvent les réaliser.

— D'accord, et puis…

— Si tu m'achètes des peintures à l'huile, tu me permettras de réaliser un de mes rêves.

— Lequel ?

— Réaliser un chef-d'œuvre.

— Ah, je vois. »

Et Chloé de partir dans un grand éclat de rire…

« Si tu vois, et si tu ris, c'est que tu es d'accord, maman ?

— Ne devons-nous pas consulter Julien, pour cela ?

— Ben non, cela lui fera une surprise. »

À projet bien expliqué, passage à l'action.

Dès le lendemain, visite dans un magasin spécialisé pour les artistes. Quelques tubes : du vert clair, du vert foncé, du jaune de Naples, un peu de rouge pour les cerises et du blanc pour les lumières. Et une toile tendue sur un cadre en bois.

Le grand jour arrive, et Louise, après plusieurs discussions avec sa maman, s'installe finalement dans le jardin, plutôt que sur la terrasse ou à l'intérieur, pour éviter des taches sur la moquette ou le plancher en bois. Parce que, si taches il y a, ce que Louise, perfectionniste, ne va sûrement pas faire… sur le gazon, cela reste tout de même moins grave.

Louise prend la toile et cherche un endroit où elle peut la poser. Elle décide d'utiliser un grand tabouret qui est dans le garage, et pense pouvoir la caler sur l'avant avec un gros caillou.

Une fois que cela est mis au point, Louise fait le tour du jardin pour trouver la place qu'il faut.

C'est qu'elle pense qu'elle pourrait peindre ensemble le ciel, un bout du cerisier, le gazon et quelques fleurs. Ou bien elle pourrait se concentrer sur les fleurs et, comme Monet, ne peindre que le gazon.

C'est finalement l'oubli d'achat de bleu qui fait prendre sa décision à Louise.

« Pas de bleu ? Tant pis, seulement du gazon avec des fleurs. »

Après une bonne demi-heure, Louise a enfin trouvé une place. Il ne reste plus qu'à installer la toile. Néanmoins, le tabouret, qui est en bois massif, est tellement lourd que ça la fait renoncer. Une cagette en bois pour les pommes fera l'affaire : elle pose la toile devant et s'assied à bonne distance. Mais à peine est-elle installée qu'elle se rend compte qu'elle a oublié ses pinceaux.

« Là, je vais avoir du mal… »

Louise ne perd pas son calme. Toutefois, un peu irritée, elle retourne dans sa chambre et revient avec quelques brosses.

« Oh, non ! Qu'est-ce que tu as fait ?
— Ouaf ! Ouaf ! »

C'est Bobo, le chien du voisin, qui vient faire son tour, à la faveur d'un trou dans le grillage. Il semblerait qu'il ait pris pour habitude d'ajouter le jardin de Louise à son terrain d'exploration.

« Bobo, tu rentres chez toi, parce que tu vas mettre des poils sur mon chef-d'œuvre ! Et tu as déjà fait tomber ma toile ! »

Comme il n'y a rien à manger, Bobo s'en va, et Louise repositionne sa toile contre la cagette.

« Wouuuh ! » Un coup de vent, et voilà la toile à nouveau par terre.

« Aaah ! Maaais ! J'en ai marre, tout de même ! »

Bobo a été accusé à tort, c'était le vent, le responsable. Et l'angoisse de Louise monte : pour réaliser un chef-d'œuvre, il faut pouvoir le commencer un jour, et, avec tout ce qui lui arrive, elle se demande si ce sera aujourd'hui !

« Wouuuh ! Wouuuh ! Wouuuh ! » Encore une bourrasque !

« Ah, je sais, je vais tenir la toile de la main gauche. »

Plus que motivée, Louise ouvre les deux tubes de vert et pose un long boudin de chaque couleur sur toute la largeur, comme du beurre de cacahuète sur une tartine. Estimant qu'il n'y a pas assez de peinture, elle recommence l'opération juste en dessous, puis, tenant la toile fermement de la main gauche, elle tartine à coups de brosse tout le vert qui est là et qui se mélange avec le plus clair.

« C'est joli ! »
Louise poursuit donc son entreprise et, en moins de quinze minutes, couvre toute la toile de deux tons de vert entremêlés, très proches l'un de l'autre, exactement comme du gazon, quoi !

Mais… au moment de finir, et avant de poser la moindre touche de rouge ou de jaune pour faire les fleurs, une nuée de petits moucherons attirés par l'odeur de la peinture à l'huile décide de venir taquiner Louise !

« Oh, non ! Pas encore un nouveau problème ! J'ai pas fini les fleurs ! »

Mais voilà que Julien vient vers Louise…

« Tout se passe bien ?
— Pfiou, pas vraiment, mais… Regarde, papa… Je te fais une surprise !
— Oh, un monochrome de Malevitch ?
— Non, je n'ai pas peint MAL ET VITE ! J'ai peint DU GAZON, ça ne se voit pas ?
— Si, si, bien sûr.
— Et je ferai les fleurs la semaine prochaine, sans vent, sans chien, et sans moucherons !
— Ha ! ha ! Bravo ma fille ! Je te félicite pour ta patience ! »

Puis Julien appelle maman…

« Chloé ! Viens voir ! »

-:-:-:-

Avoir des rêves peut nécessiter quelques apprentissages. Parfois, il faut se rendre à l'évidence, tout ne se fait pas en un claquement de doigts. Apprendre la patience, avant toute technique, manière ou méthode, peut être utile.

Si, à toi aussi, comme à Louise, il t'arrive souvent de vouloir avoir fini avant d'avoir commencé, tu vas te souvenir d'elle et de ce qu'elle a appris en essayant la peinture à l'huile : la patience !

70

Jeu # 6 – Rendre l'agent super-toi plus puissante.

Objectif : Entraîne ton super héros pour le rendre inarrêtable.

Matériel : Un carnet et un stylo pour écrire à l'intérieur tes progrès.

Comment jouer :

- Choisis quelque chose que tu n'oses pas faire aujourd'hui parce que ça te semble trop compliqué. Cela peut être de faire un puzzle, de lire un livre plus long, d'apprendre à faire du vélo ou encore d'apprendre à faire du skate board... choisis quelque chose que tu as envie de faire.
- Une fois que cette activité a été identifiée, parle-en avec tes parents pour savoir comment la mettre en place.
- Ensuite, à ton rythme progresse jusqu'à ce que tu arrives à maîtriser cette activité.
- Dans ton carnet, marque tes progrès. N'oublie pas, c'est quelque chose de compliqué que tu commences, donc comme Louise avec son tableau, persévère. N'abandonne pas. Même quand tu as l'impression de ne pas avancer, en fait tu es en train de progresser. Si tu n'abandonnes pas, tu verras qu'au bout du chemin, tu pourras crier « J'ai réussi ».

Quel sera ton cri de victoire à toi ?

Je suis
GÉNIALE

Peu importe ce que tu fais, tu dois t'attendre à ce que cela ne se réalise pas immédiatement. C'est normal, et quand ça t'arrive, ne t'angoisse pas.

Dis-toi qu'après chaque difficulté, il y a un immense bonheur qui t'attend une fois que tu l'auras surmontée.

C'est comme ça que tu seras heureuse et épanouie. Parce que tu verras les difficultés comme des jeux, et comme tu es forte, tu les surmonteras facilement.

Et la patience t'enseignera tout ça.

Venez partager votre expérience

En tant qu'autrice, je lis personnellement chacun de vos commentaires. En scannant le QR code ci-dessous, vous participez à faire connaître le livre à d'autres parents. Pour ça, je vous en suis très reconnaissante.

Ça prend 30 secondes promis.

De la même autrice – La version pour les garçons.

Scannez le QR-code.

Comment me contacter ?

Mail : lucille.beauvais2@gmail.com
Instagram : en cours de création.

Manufactured by Amazon.ca
Acheson, AB